ミリと
ふしぎなクスクスさん

戸森しるこ・作
木村いこ・絵

パスタの国の革命

# もくじ

# パスタの国のみなさん

### リング・イネ
背が高くて、おしゃれなめがねをかけている。クスクスのことをきらっている。

### ルッコラ
リング・イネの友人。アブラナ科のやさい。

### ルマコーニ
カタツムリのからににたかたちをしており国内では差別をうけている。

### トングはかせ
発明家。ルオーテ車という車の開発者。

### ラザニア
ひらたいシートじょうのかたちをしている。パスタの国のクイズに登場。

### ファルファッレ
ちょうちょのかたちをしており、パスタの国と人間の世界をいったりきたりしている。

4

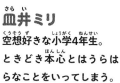

## クスクス

黄色いかみにみどり
のひとみをしたパス
タの国の旅人。ミリ
にパスタの国を案内
してくれ、ものごと
にはいろいろなかん
がえ方があることを
おしえてくれる。

## 皿井ミリ

空想好きな小学4年生。
ときどき本心とはうらは
らなことをいってしまう。

ミリのクラスメイトたち

## 前田さくら

ミリのクラスメイトで、とても
おしゃれな女の子。

# 1 ファルファッレをおって

「ミリちゃんは、いらないっていうことでしょう？」

　おなじクラスのさくらからそういわれたとき、ミリの心に、なにかが「こつん」と、ぶつかった。

　前田さくらは、とてもおしゃれな女の子だった。いつもちがうかみがたをしていて、両手のつめにも、うすいピンクのマニキュアをしている。もちろん、洋服だってすごくかわいい。

さくらのママは、ネイリストだ。ネイリストとは、つめのお手入れをしたり、デザインをしたりするお仕事のこと。さくらママは、駅の中にあるネイルサロンではたらいている。

　そんなさくらママが、さくらのためにつくってあげたのが、パスタのヘアアクセサリーだった。

「いいなぁ。ミリ、そんなのもってない」

　ミリがうらやましがると、さくらはとくいそうに、頭をさしておしえてくれた。

「これね、アルファベットがたのパスタでできているんだよ」

「パスタ？　食(た)べもののパスタ？」

　ミリだって、パスタくらいしっている。でも、ミリがしっているパスタは、スパゲッティとか、せいぜいラザニアくらいだ。アルファベットがたのパスタがあるなんて、しらなかった。

「どうやってつくるの？」

「えっとね、まず、かんそうしたパスタに、マニキュアで色(いろ)をつけるでしょ。それで、ラメをつけたり、カビがはえないように、レジンをぬったりするの」

「レジンって？」

「アクセサリーをつくるときに、ママがよくつかうんだ。しあげにレジンをぬると、つやつやになって、きれいなんだよ」

まわりにいたみんなは、「へーっ」と感心していたけれど、ミリはだんだんおもしろくない気もちになってきた。さくらがいつもじまんばっかりするからだ。ミリのママも会社で仕事をしているけれど、いつもいそがしくて、こういうすてきなアクセサリーなんて、つくってくれない。

それで、くやしくて、つい、いっちゃったのだ。

「でもさ、食べものをそんなふうにしていいの？　もったいなくない？　さくらのママ、よくないと思う」

　すると、そこにあつまっていたみんなが、きゅうにしずかになって、気まずい感じになってしまった。

　あ、いけない。いやなことをいってしまった。

　ミリはすぐにあやまろうとしたけれど、なかなかことばがでてこない。

　さくらは、しばらくミリのことを見ていた。ミリがあやまるのを、まってくれているみたいだった。

　はやく、あやまらなくちゃ。

ミリが口をあけようとしたちょうどそのとき、いっしょ
にいた萌香が、
「さくらのママがせっかくつくってくれたのに」
と、おこっているような声でいった。すると、ほかのふ
たりも、
「そうだよ。ひどいよ」
「さくらにあやまりなよ」
と、口ぐちにミリをせめる。
　すると、ミリはなぜだかちっともあやまれなくなって
しまうのだった。

ミリがだまってしまうと、さくらがためいきをついた。

「もういいよ。これ、みんなにあげようと思ってもって

きたんだけど、ミリちゃんは、いらないっていうことで

しょう？」

　さくらはそういって、コルクのふたがついている、か

わいらしいビンを、かばんからとりだした。その中には、

いろいろな色のついた、ちょうちょみたいなものが五つ、

入っていた。

「これもパスタなの？」

「ちょうちょみたい！」

「かわいいー」

ミリ以外の三人は、自分のすきな色のちょうちょを、さくらからもらっていた。

　のこったのは、赤いのと、しましまの。

　とっても、かわいかった。ミリは、しましまのがほしいと思った。いまあやまれば、もらえるかもしれない。でも、もらうためにあやまるなんて、なんだかくやしいし、心がこもっていないような気もするし……。どうしたらいいか、ミリにはもう、さっぱりわからない。

　さくらは赤いちょうちょをビンからだして、自分ののひらにのせた。ツルツルしていて、さわりごこちもよさそうだった。

「これはね、ファルファッレっていう、ちょうちょのかたちをしたパスタなんだよ」

「みんなでおそろいだね」

「さくら、のこりのふたつは、どうするの？」

「どうしようかなぁ」

　もうそこにミリなんていないみたいに、四人は話しながらいってしまった。

帰り道、ミリはひとりで、とぼとぼ歩いていた。

歩きながら足もとを見ていたら、その道には三色の
タイルがつかわれていることに気がついた。黄色、み
どり、茶色。

そうだ、注意して、黄色の部分だけを歩くことにしよ
う。なぜなら、ミリは黄色い国の住人だからだ。

もし、みどりのタイルをふんでしまったら、一分間、う
ごけなくなる。茶色のタイルをふんでしまったら、五歩
もどらなくちゃいけない。

この国にはそういうルールがあるのだ。

ミリは、いやなことがあると、こんなふうにべつの世
界のことを想像する。そこには、現実の世界にいる本当
の自分よりも、もっとすてきな自分がいるような気がし
てきて、ほっとする。

この日もそうやって、しばらくは「黄色い国ごっこ」に夢中になれたけれど、やっぱりどうしてもかんがえてしまう。

（どうしてあんなこと、いっちゃったんだろう）

　あのあと、なんだかぎくしゃくしてしまって、みんなとうまくいかなかった。いっしょにいても、ミリとは目をあわせてくれなかったり、それなのにあの四人は、かえってたのしそうだったり……。でも、自分がわるいのだから、しかたない。

　あした、学校にいったら、ちゃんとさくらにあやまらなくちゃ。でも、あとになってからあやまるのは、その場であやまるよりも、もっとずっとむずかしいってことを、ミリはよくしっている。ああ、気がおもい。時間をもどせたらなぁと、ミリは思った。

（それに、ほしかったなぁ、あのちょうちょ）

　ミリが「さくらのママ、よくないと思う」っていったとき、さくらはどんな顔をしていたかな。

　せっかくさくらママがつくってくれたものを、そんなふうにいってしまって、さくらをきずつけてしまったかもしれない。

　まずしくて、食べるものがない人たちだっているのだから、もったいないとかんがえるのは、わるいことではないような気もする。でも、問題はきっとそこではなくて、みんながたのしくもりあがっているときに、いじわるないい方をしてしまったのが、よくなかったのだ。

そのとき、ミリの目の前を、なにかがとんでいった。

「あれれっ」

　ミリが歩いていく方向に、空中をふわふわととんでいくのは、あのちょうちょのかたちをしたパスタだった。なんていったっけ？　ファルファータ？　じゃなくて、ファンファーレ？　とにかく、さいごにのこっていた、しましまのちょうちょだ。

「ええー、空をとぶの？」

　ミリはびっくりしながら、パスタのちょうちょをおいかけてゆく。ずっと上を見ていると、だんだん首がいたくなってきた。

　しばらくして、ちょうちょは左にまがった。そこは、いきどまりのはず。でも、そこに道があるかどうかは、空をとんでいるちょうちょには、関係がなさそうだ。

　ミリが道をまがると、そこはやっぱりいきどまりだったけれど、ちょうちょはもういなくて、そのかわりに、見たことのない「あな」があったのだった。

「なにこれ？」

　レンガのかべにつきささった、巨大なストローみたい
な、つつじょうの「あな」だった。しかもその巨大なス
トローは、ぐねっと、きみょうなかたちにまがっている。
「こんなの、いままでなかった気がするけどなぁ」
　学校にいくときに毎日とおっている道なのだから、ま
ちがいない。

　そして、ミリがおそるおそる、その巨大なストローに
さわったときだった。

　ふしぎなことがおこった。ひゅううっと、あなの中か
らとてもつよい風がふいて、いっしゅんでミリをすいこ
んでしまったのだ。

あとには、ミリのくつが
かた方おちているだけ。
そこはいつもの、
いきどまりの道だった。

# 2 マカロニの森で

　気がついたら、ミリは空を見あげながらたおれていた。見たことのないけしきだ。ミリは、びっくりしてとびおきた。おきあがるとき、地面に手をついたら、まるでねんどみたいに「ぐにゃっ」としたので、ミリはさらにぎょっとした。

　　　　あたりを見まわすと、

さっきミリがすいこまれた巨大なストローが、こんどは
空にむかってたくさんはえている。ときどき、そよそよ
と風がふいて、そのストローたちは、ゆらゆらとゆれた。
ゆらゆらゆれながら、どこからともなく声がきこえる。ミ
リが耳をすますと、

　マカ、ロニ、マカ、ロニ……

　そういっているみたいだった。でも、そのほかには、な
んの音もきこえない。なんだかげんそう的なながめでは
あるけれど、いまはそれどころではない。

ここは、どこ？

「だ、だれかいますか？」

　声をかけてみたけれど、「マカ、ロニ」ときこえて
くるだけで、どこからもへんじはないのだった。

（森みたいなところ……）

　そう、きっとここは「マカロニの森」だ。

　こわくてじっとしていると、さっきのちょうちょがま
たあらわれた。こんどはしましまだけではなくて、ほか
の四ひきもそろってふわふわとんでいる。

「やだ、つれてきちゃったの？」

　ミリはドキッとした。ちょうちょがしゃべった……‼

　ミリが見ていると、ほかのちょうちょも、つぎつぎと
しゃべりはじめた。

「ドジね。またなの？」

「まったくもう」

「どうするのよ？　せっかくもどってきたのに」

　はじめ、ミリは自分がちょうちょたちからせめられて
いるのかと思ったけれど、どうやらそうではなくて、し

ましまのちょうちょが、ほかの四ひきからしかられているみたいだった。しましまのちょうちょは、小さな声でかなしそうにいった。

「ごめんなさい。きっととんでいるところを、この子に見られちゃったんだわ」

「ここ、どこ？　それって、どういうこと？」

　ミリがちょうちょたちにたずねると、ちょうちょたちはひとまとまりになって、うたうようにへんじした。

**「ここは～、パスタの～くぅに～な～の～♪」**

とつぜんちょうちょたちのミュージカルがはじまってしまい、ミリはあっけにとられた。ちょうちょたちは、つづけてうたう。

「あなた〜は〜、もとのせ〜かい〜に〜、もどらぁなきゃ〜♪」

「どうやったらもどれるのぉう？　って、あはは」

　うっかりつられてしまった。こわいと思っていたこともわすれて、ミリは思わずわらった。

「ク〜イズ〜に、せ〜いかいし〜たらぁ、もどれるのよぅおう♪　あなた〜に、見られぇてしまったからぁ〜にはぁ、わたし〜たちもぉ、いっしょに〜も〜どらなきゃ〜あ、あなたを〜う、つれてかえら〜なきゃぁ〜、いけないのぉ〜うおうおう♪」

「クイズ……？」

「それでは出題いたします。でてこい、ラザちゃん」

　しましまのちょうちょが、きゅうにしんけんな声になって、そういった。

　すると、ミリの近くのやわらかい地面が、ミリの部屋

のクッションくらいの大きさに、しかくくきりとられ、ふ
わっと空中にうかんだ。ぜんぶで三まい。きりとられた
部分の地面をのぞいてみると、どうやら層になっている
みたいで、そこにはまたあたらしい地面が顔をのぞかせ
ているのだった。

「ラザニアみたい！」

　ラザニアはひらたいシートじょうのパスタだ。ミート
ソースで料理したものを、ミリのママがたまにつくって
くれる。

「このラザちゃんを、四人でまったくおなじ大きさにわ
けるには、このような方法があるが……」

しましまの号令にあわせて、
ラザちゃんに自動的にザクザクと
切り目が入った。

（すごい、まほうみたい）

　ミリはちょっと感動しながら、ラザちゃんの切り目の
ゆくえを目でおっている。

「では、おなじように五人でちょうどおなじ大きさにわ
けるには、どうしたらよいか？」

「えっ、五人で？」

「そう、五人で」

　ミリはかんがえた。これってすごくむずかしい。

　五人でむりやりわけようとすると、こんなふうに、

ちょっとずつ、ちがうかたちになってしまいそうだ。それじゃあ、均等じゃない。ラザちゃんのかたちがまるければ、ピザみたいにうまくわけられそうだけれど、ラザニアって、ふつうはしかくいもんね……と、ミリはかんがえる。

　ちょっとめんどうくさいけれど、もとの世界に帰るには、はやく正解しなくちゃいけない。

　だけどそこで、ミリはふと思った。

（わたし、ほんとうにはやく帰りたいのかな）

　帰ったら、さくらにあやまらなきゃいけない。そっちのほうが、こんなクイズよりも、よっぽどめんどうくさい気がする。

　正解すればいつでも帰れるっていうなら、このまましばらく帰れなくてもいいかもしれない。

　そんなふうになげやりな気もちで、ミリはてきとうにこたえた。

27

「五人はむりだから、四人でわけたらいいんじゃない？」

「おじょうさん、それじゃあ、クイズになりませんわよ」

　しましまが、もっともなことをいった。すると、どこからともなく、クスクスクス……

　そんなわらい声がきこえてきた。

　ミリがふりむくと、そこにいたのは、見たことのない、黄色いかみの人だった。

（人だっ）

　この世界にも、ちゃんと人がいたんだ。ミリは、ほっとした。

　その人は、こまかいパーマをかけたようなかみがたで、ひとみはあかるいみどり色だった。年れいは、中学生のようでもあるし、おとなのようにも見える。

「それ、ひっかけ問題だよ」

　ミリにむかってその人がいったら、ちょうちょたちがさわぎはじめた。

「それはずるいです、クスクス」

「よけいなことを」

「あんたはいつもそうやって」

　ひっかけ問題といわれて、かんがえ方を変えないといけない問題なのだな、と、ミリはすぐに気がついた。じつはクイズはとくいなのだ。

「あ、わかった。そういうことか。でも、どうやってこたえればいいのかな」

　しましまが、しぶしぶ指示をだすと、またべつの場所からあらたなラザちゃんがうかびあがった。

「ラザちゃんにむかって、心の中でこたえをいってみて」

「心の中でいえばいいの？　じゃあ、こういうことでしょ？」

　ミリのかんがえたとおりに、ラザちゃんに切り目が入った。

「せいかーい。ごめいとう！」

　ちょうちょたちは、たちまちおとなしくなって、ミリの頭の上にとまった。まるで色とりどりのリボンをつけているみたいだ。

「ヒントをありがとう」

　ミリがお礼をいうと、その人は、にこっと感じよくわらった。

「どういたしまして。わたしの名は、クスクス」

「クスクスさん？　わたしはミリだよ」

「ミリ。見かけない顔だな。どこからきた？」

　そこでミリは、いままでのことをクスクスさんに話すことにした。

# 3 クスクスさんといっしょに

「なるほどね。『むこう』からきたわけだ？」

　ミリの話をききおえたクスクスさんは、そういった。

　どうやら自分はべつの世界からやってきたらしい、なんてことをいったら、きっとしんじてもらえないだろうなと思っていたミリは、ひょうしぬけした。

「そんなにかんたんに、しんじてくれるの？　きゅうにそんなこといわれても、ミリならしんじないと思うけどなぁ」

　クスクスさんは、かろやかにクスクスわらった。

「ファルファッレたちは、こちらの世界ではとくべつな存在でね。あちらとこちらをいったりきたりするんだ。でも、こちらに入ってくるところを、きっときみに見られたんだろう。そういうとき、きみみたいなニンゲンの子どもが、こちらにまよいこんでくることもある」

　ミリはおどろいた。

「クスクスさんは、人間ではないの？」

「ちがうね」

「じゃあ、なんなの？」

　クスクスさんは、こまったようにかたをすくめた。

「きみたちが自分で自分をニンゲンとよぶような、そういう名前や区別は、わたしには、ない。ひつようないんだ。なぜなら、わたしは、わたしだから」

　ミリにおしえるように、ひとことずつくぎりながら、クスクスさんはそうこたえた。

　そのことばが、ミリの心にこだまました。

わたしは、わたしだから、かぁ。

ミリがしずかに感動していると、クスクスさんはミリの頭についているファルファッレたちを、一ぴきずつ指でやさしくさわった。

「きみの世界に、チョウチョとかいう生きものがいるだろう？」

「こっちにはいないの？」

「ああ。だからファルファッレたちは、チョウチョのふりをしてそちらにとんでいくんだ。あきたら、またこちらにもどってくる。そちらの世界の話を、わたしたちにきかせてくれることもある」

ファルファッレたちは、さっきいっていた。ミリに見られてしまったから、わたしたちももどらなきゃいけないって。なんだかわるかったなと、ミリは思った。

そんなミリの心を見すかしたように、ファルファッレたちは、口ぐちにいった。

「チョウチョのふり、そろそろあきたの」

「あきた、あきた。だからもどってきました」

「パスタらしく、していたい気分」

　それをきいたクスクスさんは、あきれたように首をよこにふった。

「むこうで『パスタらしく』していたって、べつにいいさ。しかし、そんなにふしぜんにカラフルになってしまったら、チョウチョのふりもくそも、ないだろう。だからきっとミリに見つかったんだ」

　クスクスさんの口がいがいとわるいので、ミリはおかしくなった。

　ファルファッレたちは、ミリの頭の上で、ぶぅぶぅもんくをいっている。

「ひどいです、クスクス」

「あんただって、ふしぜんよ」

「ショートでもロングでもないパスタ」

　すると、クスクスさんはとつぜん、きげんがわるくなった。

「よけいなことだ。さきほどもいったように、わたしはわたし。ショートパスタとロングパスタのあらそいには、もう、うんざりだ」

そして、クスクスさんはつめたくいいはなった。

「おまえたち、ミリをもとの世界につれかえったあとの
ことを、ちゃんとかんがえているか？　またこちらにも
どってくるつもりか？　おまえたちのようにカラフルで
区別のつくパスタが、とつぜんどこかにきえてしまって
ごらん。もちぬしのニンゲンはあやしむだろう。そんな
にニンゲンとなかよくしたいというなら、こちらでの生
活はそろそろあきらめたほうがいい」

たしかに、きゅうにいなくなってしまったファルファッレたちを、さくらたちはいまごろさがしているのかもしれない。

「いわれなくても、どうにかするわよ」

「わたしたちは、どちらの世界(せかい)でもやってゆけますし」

「器用(きよう)だもの。あんたとちがって」

「もしニンゲンに食(た)べられたって、すぐにうまれかわれるんだから」

「最強(さいきょう)なんだから」

「「「「「ねーっ」」」」」

うるさくいいあってから、ぴたりと声がしなくなった。

　どうやらファルファッレたちにとっては、どちらの世界にいるかということは、それほど大きな問題でもなさそうだった。しかも、食べられても平気らしい。なんだかつごうのいい話だけれど、おいかけてきてわるかったかなと思っていたミリは、ほっとした。

　ほっとしたら、おなかがすいてきた。そのとたん、ぐううーっと、おなかがなった。

「おなかがすいたって？」

　クスクスさんにいいあてられて、ミリはすなおに「うん」とうなずいた。

「それなら食事にしよう。でもその前に、いき先をかくにんしようじゃないか」

　クスクスさんとしばらく歩いていくと、かんばんが立っていた。

「これ、地図？」

「チーズの地図だよ」

　たしかにそのかんばんは、チーズでできているようだった。

「どうして地図がチーズなの？」

「パスタとチーズはあいしょうがいいからな」

「……」

　こたえになってないような気もしたけれど、まぁ、い

いや。と、ミリはあきらめた。こちらの世界にもきっと、「あたりまえ」や「じょうしき」みたいなものがあって、べつの世界からきたミリには、かんたんにはりかいできないだろう。

「チーズなら、ミリは『さけまくるチーズ』がすき。さいて食べるんだよ。おいしいの」

「パスタの国にも『さけまくるチーズ』がいる。食べようとすると、とびまわってさけられるんだ」

「なにそれ、すごい。おいしいの？」

「さけられてしまうから、食べたものはいないよ」

「なるほどー」

　クスクスさんは指で地図をさしながら、現在地をおしえてくれた。

「この世界からの出口のひとつは、パスタジアムのうら手にある。ファルファッレたちはあまり信用できないので、わたしがそこにミリをつれていこうと思う。パスタジアムとその周辺では、現在あらそいごとがひどいのだが、近づけないということはないだろう」

地図に書かれている文字は、ミリの見たことのない文字だった。でも、なぜだかりかいできた。わくわくするような地名が、たくさんのっていた。

「これ、ぜんぶ食べものの名前？」

「そういうことだね」

「うーん、ますますおなかがすいてきた」

「そうだった、すまない」

　クスクスさんは、ふたつきの白いボウルのようなものを、リュックからとりだした。

「じつは、わたしは旅をしているんだ。だから、もちはこび用のかんたんな食事しかないんだが、ミリの口にあうといいな。ボタンがついているから、おしてあけてごらん」

　ミリがいわれたとおりにボタンをおすと、パカリとふたがあいた。あけたとたんに、ゆげがふわっとたちのぼった。

41

「うわ、できたて！」

「トマトとたまねぎたっぷりの、魚介のクスクスだよ。どうぞ、めしあがれ」

「クスクス？　それってもしかして、パスタの名前なの？」

「もちろん」

　それはつぶつぶの、小さな小さなパスタだった。クスクスさんのかみの毛と、よくにている。こちらの世界にも、うごいたりしゃべったりしない、ふつうの料理のパスタがあるのだ。内がわはふたつにしきられていて、右がわにクスクスが、左がわに魚介のオレンジ色のスープが入っていた。ふたの内がわにスプーンもついていたので、ミリはそれでスープをクスクスにかけて、食べた。

「う・まーい！」

「よかった、自信作なんだ。魚のうまみがしっかりとでているだろう？」

　ミリは夢中でクスクスを食べた。むずかしいことは、おなかいっぱいになってからかんがえよう。

# 4 ルマコーニとの対立

　クスクスを食べおえたミリは、これからのことをかん
がえた。

　このクスクスさんは、どうやら信用できそうな人だ（ヒ
トではないらしいけれど）。ファルファッレたちは、さわ
いでつかれてしまったのか、ミリの頭の上でなにもしゃ
べらなくなってしまったし、この世界にひとりでいるの
はやっぱり心ぼそいから、出口までつれていってもらう
ことにしよう。

「クスクスさんは、旅をしているっていっていたけど、ど
こにむかっていたの？」

　クスクスさんはボウルをリュックにしまいながら、す
こしばかりこまった顔をした。

「わたしもちょうどパスタジアムにむかっていたところ
なんだ」

「出口があるところ？」

「そう」

「スタジアムって、スポーツとかコンサートとかをやる
ところでしょう？」

「まぁ、そうだね」

「パスタジアムもパスタでできているの？」

「いいや。パスタジアムは、なべのかたちのたてものだ。
そこではこの数年ずっと、ショートパスタとロングパス
タが、おわりのないたたかいをくりひろげている」

「スポーツで？」

「ちがう」

　クスクスさんはかなしそうな表情をした。

「ファルファッレたちの話によれば、ミリたちの世界にも『戦争』があるというじゃないか。それとにたようなものだよ」

　戦争ときいて、ミリがかんがえているより深刻なものだということが想像できた。

「どんなあらそいごとなの？」

「歩きながら話そう」

　そこでミリとクスクスさんは、パスタジアムの方向にむかって森を歩きながら、話をすることにした。

「この国ではむかしから、ルマコーニへの差別がつづいていた」

「ルマコーニっていうと……？」

　ミリが首をかしげると、クスクスさんは「パスタの一種だよ」とおしえてくれた。

「どんなふうに差別されていたの？」

「いつも『カタツムリ』とよばれて、ほかのパスタたちからさげすまれてきたのさ」

「さげすまれるって、どういうこと？」

「自分たちよりもおとっているもの、価値のないものとしてあつかわれることだ。ルマコーニたちはカタツムリのようなかたちの頭をしているから、そうよばれてからかわれている。そもそもこの国には、古くからショートパスタとロングパスタのゆるやかな対立があった。ルマコーニはショートパスタだ。

ショートパスタはからだが小さくて、種類によってかたちもばらばらなことで、ロングパスタたちからからかわれてしまうことが多いんだ。ロングパスタは

からだが大きくてまっすぐなことをほこりにしているからね。古くからのくだらないかんがえ方さ」

「ふぅん。ショートパスタとロングパスタって、どういうものがあるの？」

しりたがりの虫がうずうずしてきて、ミリは思わずそ

うきいた。

「ロングパスタの代表は、スパゲッティ。とくちょう
は、なんにでもよくあう。それから、スパゲッティよ
りも細い、スパゲッティーニ。こいつは、オイルソー
スとのあいしょうがいい。断面が楕円形で、のうこう
なソースによくあうのが、リングイネ。中心にあなの
あいている、ブカティーニ」

　ぜんぜんおぼえられそうにないけれど、スパゲッティ
だけはミリもよくしっている。

ロングパスタの種類

スパゲッティ
丸・直径1.9mm

リングイネ
楕円・短径1mm・長径3mm

スパゲッティーニ
丸・直径1.5mm〜1.7mm

ブカティーニ
穴があいている

「じゃあ、ショートパスタは？」

「まずは、ルマコーニ。カタツムリのからににている。それから、貝がらのかたちのコンキリエ。チョウチョのかたちのファルファッレも、ショートパスタだ。ほかに、車輪のかたちのルオーテ、フリスビーのかたちのフライングディスク。つつじょうのマカロニ、カネロニ、カヴァタッピ。ねじれているのはフジッリ」

「ほんとうにたくさんあるんだね。じゃあ、クスクスさんは？」

ショートパスタの種類

・ルマコーニ

・コンキリエ

・ファルファッレ

・カヴァタッピ

マカロニ

カネロニ

・ルオーテ

フライングディスク

フジッリ

「わたしは中立のクスクス」

　クスクスさんはむねをはってこたえた。

「ショートでもロングでもないパスタもいる。ほかには、シートじょうのラザニアもそうだし、つめもののパスタのラビオリもそうだ。ほら、森をぬけたよ。ここがラザニア平原だ。ここからまっすぐに進もう」

　ひろびろとした、ラザニアのたいらな土地がつづいていた。

「そうして長いあいだ、からかわれつづけてきたルマコー
ニたちは、あるとき、がまんの限界をむかえた。それで、
ロングパスタたちにこうげきを
しかけたんだ」
「こうげき？」
「そう、メダルをうばった
のさ。パスタたちは、自分の
メダルをうばわれると、ただのかんそうパスタになって
しまう。ロングパスタたちは、全めつに近づいている」
　ミリがクスクスさんのよこ顔を見ると、とてもしんけ
んな表情をしていた。
「わたしはルマコーニたちをとめるために、パスタジア
ムへむかっていたところなんだ」
「そうだったんだ……」
　ミリは空を見あげた。おなじ国の中で、
そんな深刻なあらそいがおこっている
なんて、なんだか想像もできない
くらいのすんだ青い空だった。

# 5 トングはかせのルオーテ車

　しばらく歩いていると、うしろのほうからみょうな音
がしたので、ミリはふりかえった。

　ルオーン、ルオーン、ルルルオーン……

　なにかの鳴き声みたいにもきこえるし、車のエンジン
の音にもにている気がする。

「あれって、車?」

　うしろから、ミリたちのほうに近よってくるのは、た
しかに車のようなものだった。

「ルオーテ車だ。トングはかせかもしれない。おーい!」

クスクスさんが大きく手をふると、その車はふたりの
よこでとまった。

　そのかわった車にのっていたのは、「トング」だった。

　トングは、パスタなどをはさんでつかむときにつかう
道具で、ミリもパンやさんでつかったことがある。でも、
トングが運転しているのははじめて見た。トングはまど
からこちらをのぞいた。

「やあ、クスクス。もしかしてパスタジアムへいくとちゅ
うかな？」

「そのとおり」

「そちらは？」

　トングはミリを見た。

「ファルファッレたちをおいかけて、こちらにきたんだ。名前はミリ」

「ほほう」

「ミリ。こちらはトングはかせだよ。ルオーテ車は、トングはかせが開発したのりものなんだ」

　そののりもののタイヤは、パスタだった。もしかしたらこれが、「ルオーテ」という名のパスタなのかもしれない。

「こんにちは。皿井ミリです」

ミリがフルネームをつたえると、トングはかせはにっこりわらった。トングがわらうところも、もちろんミリははじめて見た。

「『皿』ですか！　すてきな名前ですね。わたしとはあいしょうばつぐん。よかったら、おふたりとものってください」

「いいのですか？　しかし……」

　クスクスさんはまよっている。ミリはといえば、そろそろ歩きつかれてきたところだったし、ルオーテ車にものってみたい。

　トングはかせはうしろのドアをあけて、

「パスタジアムまではむずかしいですが、ラザニア平原[へいげん]をこえるあたりまでなら」

といった。

「じゃあ、おねがいします。ミリ、のせてもらおう」

　そしてふたりはルオーテ車[しゃ]にのりこんだ。

　ルオーン、ルオーン、ルルルオーン……

「すごい、ちっともゆれないんだね。かいてき〜」

　ミリはのりごこちのよさに感動[かんどう]してしまった。クスクスさんはクスッとわらって、よこにすわっているミリを見[み]た。

「そうだろう。この国[くに]にとって、ルオーテ車[しゃ]はたいへんに画期的[かっきてき]な発明[はつめい]だったのだよ」

まどの外を見ると、どこまでもラザニアが広がってい
た。ここをずっと歩いていくことをかんがえると、かな
りきびしい旅だったかもしれない。トングはかせにあえ
て、とてもラッキーだった。

「ルオーテっていうのは、ショートパスタだっけ？」

「そうだよ。よくわかったね」

　もとの世界に帰ったら、パスタの種類をよくしらべて
みよう。

　そんなミリの心を読んだように、トングはかせがクス
クスさんにこんなことをいった。

「そういえばクスクス、パスタジアムのうらにある出口
のことなんだが」

　クスクスさんがミリを案内しようとしてくれている場
所のことだ。

「ルマコーニたちに封鎖されているらしいぞ」

「なにっ」

　であってからはじめて、クスクスさんがあせった声を
だした。フーサってなんだろう、と、ミリは思ったけれ

ど、きっとよくないことにちがいない。

「それは本当ですか」

「ああ。ひょっとして、ミリさんをそこにつれていくつ

もりで？」

「ええ。まいったなぁ。どうやらかんがえていたよりも、

事態は深刻なようだ」

　ミリは心配になってきた。

「あの、もしかして、出口がつかえないの？」

「そのようだ。だが、出口はほかにもあるから、その点は心配しなくてもいい」

　クスクスさんはミリを安心させるように、そういってくれた。

「ただ、わたしはこれからパスタジアムにむかって、ルマコーニたちをせっとくしなければならない。いますぐにほかの出口にミリを案内するのは、むずかしい」

「じゃあ、ミリもクスクスさんといっしょに、ルマコーニをせっとくするよ。それで、メダルをとりもどせばいいんでしょう？」

　しばらくかんがえてから、クスクスさんはうなずいた。

「よし、じゃあ、いまからミリに作戦をおしえよう」

　クスクスさんはポケットからなにかをとりだした。

「これが、わたしのメダルだよ」

　クスクスさんが見せてくれたのは、ミリのてのひらぐらいの大きさの、クリーム色のうすいメダルだった。

「これも、パスタ？」

「そう。コルツェッティという名の、メダルがたパスタだ」

「コル……？」

「まぁ、名前はどうでもよろしい。ここをごらん」

　クスクスさんのゆびさしたところを見ると、パスタの表面に、かたをおしたあとのようなもようがついていた。

「これってもしかして……」

「そう。クスクスのもようだ。この国のパスタたちは、自分のもようがおされたメダルをもっているっていうわけさ」

　すると、ミリの頭の上から声がした。

「わたしたちはもっていないわ」

　しばらくしずかにしていたファルファッレたちだった。

クスクスさんはあきれたような声で、

「おまえたちは、あちらとこちらを年中いったりきたり

しているのだから、この国のパスタかどうかが、そもそ

もうたがわしい」

「まぁ、ひどーい」

「きいた？　ミリ。これがクスクスの本性」

「つめたいの。ひえきっているの」

「冷静パスタ！　冷製パスタ！」

　れいせいパスタの大合唱がはじまった。頭の上がうる
さくてしょうがない。

「そんなことないよ。クスクスさんはやさしいもん……！」

　ミリが大きな声で主張すると、ファルファッレたちは
ぴたりとしずかになった。

「ありがとう、ミリ。でもファルファッレたちのいうと
おり、わたしはそれほどやさしくはないんだよ」

　クスクスさんは、なぜかさみしそうにわらってそうい
うのだった。

「おとりこみ中、もうしわけないが、ミリさんはまどの外は見ないほうがいいぞ」

そういったのは、運転席のトングはかせだ。そんなことをいわれても、もうおそい。

「なんで？」

ミリはつい、まどの外を見てしまった。

まだラザニア平原はつづいていたが、大きなぼうみたいなものが、たくさんちらばっている。これはいったい、なんだろう。

「トングはかせ、だいじょうぶです。ミリはおそらく、見てもピンとこないでしょう」

まさにピンときていなかったミリは、クスクスさんに
きいた。
「これは、なぁに？」
「ロングパスタの墓場（はかば）さ」
　クスクスさんはくらい顔（かお）でそういった。
「墓場（はかば）？　それじゃあ……」
「そう。ここによこたわっているのは、ルマコーニたち
にメダルをうばわれたパスタだ」
「じゃあ、このロングパスタたちも、前（まえ）はクスクスさん
みたいにうごけたんだ。ひどい……」

「どうかな。ひどいのはほんとうにルマコーニなのか。それともロングパスタなのか。そこがむずかしいところだね」

　よこたわっているロングパスタたちをよく見てみると、パスタの太さやかたちや色は、さまざまなようだった。

「黒いパスタや、赤いパスタもあるね。じゃなくて、いるね」

「イカスミとトマトだろうな」

「そっか、パスタの生地に味がついているんだね」

　そしてようやく、ロングパスタの墓場をとおりぬけた。

「パスタたちがメダルをうばわれるとどうなるかはわかったけど、うばったほうはどうなるの？」

「うばうと、力がどんどん強くなる。権力というのかな。たくさんもっているほうが、この国では有利なんだ」

「お金みたいなもの？」

「オカネとは？」

　そうか、この国にはお金がないのか。ミリはおどろいた。

「うーんと。なんていったらいいんだろう。お金はお金
だもの。あたりまえのことを説明するのって、むずかし
いね」

「そう、おたがいをしることは、はてしなくむずかしい」

　もしかしたらルマコーニとロングパスタの対立も、そ
ういったことが原因なのかもしれないと、ミリはふと思っ
た。そのあたりのことはよくわからないけれど、クスク
スさんの表情がとてもしんけんだったから、ミリはます
ますおうえんしたくなってきた。

「わたしの作戦は、この国の平和のために、メダルの価
値をなくしていこうというものだ」

　クスクスさんは、
そういって、クスクスの
メダルをにぎりしめた。

# 6 ステリーネの空の下で

　気がつくと、だんだん空がくらくなってきていた。

「今夜はこのへんでやすむとしよう」

　トングはかせはそういって、ルオーテ車をとめた。

「パスタジアムには、あとどのくらいでつくの？」

　ミリがきくと、クスクスさんがこたえた。

「もうじきだよ。でも、ルマコーニたちをせっとくする
なら、昼間のほうがいいからな」

「どうして？」

「太陽をあびている時間帯のほうが、頭がやわらかくな
るのさ」

「へぇ、そうなんだ」

「お湯に入れば、なおさらやわらかくなる」

「パスタだけに？」

「そう、パスタだけにね」

　クスクスさんは、ミリにウインクをしてみせた。

運転席を見ると、長いあいだ運転していたトングはかせは、もうねむってしまっていた。

「ちょっと外にでようか」

　クスクスさんがさそってくれたので、ミリは外にでて、のびをした。

「うーん、つかれたぁ」

　夕ぐれのラザニア平原は、あたりにまったくなにもなく、どことなくぶきみだった。

それに、ミリにはひとつ、心配なことがあるのだった。

「あのう、こちらの世界の時間と、わたしたちの世界の時間は、おなじだけながれるのかな？」

　ミリはそうきいてみた。

「どうなんだい？」

　クスクスさんがミリの頭に声をかけると、ファルファッレたちがうたうようにこたえた。

「おなじだけではないわ」

「こっちのほうが、すんごくはやい」

「あっちのほうが、めちゃゆっくり」

「こまったことにはなりません」

　それをきいて、ミリは安心した。夜になってもミリが家に帰らなければ、大さわぎになってしまう。

「ミリはどうしてわたしたちをおってきたの？」

「むこうの世界で、なんだかうんざりしている人にしか、わたしたちのすがたは見えないの」

「なにかにうんざりしてたのね」

「かわいそう」

「かわいそうめん」

　クスクスさんがへんな顔をした。

「かわいそうめんとは？」

「そうめんって、パスタとおなじめん類よ。クスクスは
しらないんでしょ」

「ほかのめんのこと、わたしたち、これまで話したこと
なかったものね」

「ラーメン、うどん、そば、ひやし中華、やきそば、冷
めん、フォー、ビーフン」

「あっちの世界も、おもしろいのよ」

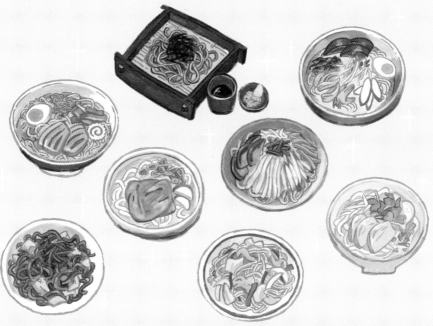

そうめんはともかく、ファルファッレに「かわいそう」
といわれて、ミリはかるくムッとした。
「かわいそうなんかじゃないもん。ただ、ちょっといや
なことがあっただけ」
「いやなこと、とは？」
　クスクスさんにうながされて、ミリはくる前にあった
ことを話した。そもそも、ファルファッレが原因といえ
ば、原因なのだ。
　話しおえると、クスクスさんはやさしくうなずいた。
「それはいやな思いをしたね。
きみも、きっとその友だちも。
でも、帰ったらすぐに
あやまればいい」
「そうだよね。さくらはなにも
わるくなかったんだもの」
　帰ったら、さくらに
あやまらなくちゃいけない。
ちゃんとあやまれるかな。

そのことをかんがえると、ミリはゆううつなのだった。

　でも、たしかにつたえ方はわるかったけれど、ミリの「食べものであそんだらもったいない」というかんがえは、どうすればいいんだろう。

「クスクスさんは、パスタをアクセサリーにして、いいと思う？」

「まぁ、かれらはそこそこ、よろこんでいるようだけどね」

　クスクスさんはファルファッレたちを見て、かんがえながらいった。

「きれいにしてもらって、大切にしてもらって、長くたのしんでもらえたら、それはそれでしあわせなパスタ生かもしれない」

　パスタセイが「パスタ生」、つまり「人生」のパスタ版だとわかるのに、すこし時間がかかった。

　そういわれても、ミリはなっとくいかない。

「でも、食べものはだれかに食べられるために、生まれ

てきたんじゃないのかな。食べものをそまつにしたらい

けないって、いつも先生がいってるよ」

「それもまた、正しい」

　クスクスさんはふかくうなずいた。

「大切なことをひとつ、おしえよう」

　ミリはクスクスさんのしんけんな目を見た。

「多くのものごとについて、いえることは、正解はひと

つではないということだ」

「こたえがいくつもあるっていうこと？」

「星の数ほどあるときは、ひとつもないように見える

かも」

　思わずミリが空を見あげると、いつのまにか夜空には

星がたくさんひかっていた。その星は、ミリがふだん見

ているものと、すこしちがうような気がした。

「あの星は、もしかしてパスタなの？」

「そう。ステリーネという、星がたのパスタだよ」

　マカロニの森や、このラザニア平原や、ルオーテ車の

タイヤとおなじように、料理でもなければクスクスさん

のようにうごいたりもしない、そういうパスタがこの世界にはたくさんあるのだな、と、ミリはりかいした。

「そろそろねむろう。あしたははやいよ」

　クスクスさんにはげまされて、ミリはルオーテ車にもどった。

　よく朝、ふたたびルオーテ車を走らせて、三人はパスタジアムのあるほうへむかっていた。

　運転席のトングはかせが「おや」といった。

「だれかいますな」

　ミリたちがうしろの席から前を見ると、おなじ方向に歩いているふたり組がいた。

「話しかけてみましょう」

　クスクスさんがそういったので、トングはかせは近くまで走っていって、スピードをゆるめた。

　近づいてみると、そのふたりはまったくちがうすがた

をしていた。

「ごきげんよう」

　トングはかせがまどをあけて声をかけると、ふたりは立ちどまってこちらを見た。

「ほうれんそう……？」

　ミリが小声でクスクスさんにかくにんすると、

「いや、ルッコラだ」

というへんじがあった。

　ルッコラはアブラナ科のやさいで、サラダやカルパッチョにつかわれるし、パスタにもよくあう。

　もうひとりは、ロングパスタだった。とても背が高く、すらりとしていてうつくしい。そして、しゃれためがねをかけていた。

「どちらへ？」

　トングはかせがきくと、ふたりは口をそろえて、

「パスタジアムへ」

とこたえた。ロングパスタは、じこしょうかいをはじめ
た。

「わたくしはリング・イネ。こちらはルッコラさんです。
わたくしたちはこれから、ルマコーニたちと話しあいを
したいとかんがえています」

　どうやら目的はおなじようだ。ミリとクスクスさんは
顔を見あわせた。

そのとき、リング・イネが神経質そうな顔で、ミリと
クスクスさんのほうをちらっと見た。

　トングはかせは「あとふたりならのれそうだな」と小
声でつぶやき、

「わたしたちもパスタジアム方面にむかっていますが、よ
ろしければ、あなたがたものっていかれますか？　ロン
グパスタさんには、少々せまいかもしれんがね」

とさそった。しかし、リング・イネはこれをはなでわ
らった。

「うしろの席のかたとなんて、ごいっしょできませんわ」

　ミリはドキッとした。自分のことをいっているのかと思ったのだ。それに気がついたらしく、ルッコラがゆらゆらとやさしく葉っぱをゆらした。

「おじょうさんのことではありませんよ」

　ということは、クスクスさんのことだ。どういうことだろう。

「うらぎりもののクスクス」

　リング・イネはいまいましげに、はきすてるようにそういった。ルッコラが、「まぁ、まぁ、イネさんおちついて」と、なだめている。

そのようすを見ていたトングはかせが、クスクスさん
に気をつかって、
「では、これにてしつれい」
と、さっさとまどをしめてしまった。
　ルオーテ車が走りはじめてしばらくすると、クスクス
さんがミリにいった。
「すまない。おどろいただろう」
　たしかにミリはおどろいていた。そしてショックだっ
た。あそこまではっきりにくしみを見せる人を、いやパ
スタを、はじめて見た気がした。その相手が、やさしく
てしんせつなクスクスさんだなんて、びっくりだ。
「でも、どうして？」
　ミリがおそるおそるたずねると、クスクスさんはかた
をすくめてこういった。
「この国のパスタたちから、わたしはきらわれている
んだ」

# 7 パスタジアムの集会

　そのころパスタジアムでは、おおぜいのルマコーニた
ちがメダルをかぞえていた。
「フィットチーネ！」
「フェデリーニ！」
「タリアテッレ！」
　メダルにえがかれているパスタの名前がよばれるたび、
場内ではかん声があがっている。それはすべてロン
グパスタの名前だった。

「スパゲッティーニ！」
「ビーゴリ！」
「マファルディーネ！」
　ヘルメットをかぶった

ようなすがたをしているルマコーニたちが、空にむかっ
てうでをつきあげながら、こうふんしたようすで、たか
らかに宣言した。
「われら、けだかきルマコーニを、ぶじょくしたつみは
重い！」
「つぐないを！」
「ゆるされざるロングパスタを、追放せよ‼」

「追放せよ!!!」

　スタジアムの中央にいたルマコーニが、

うでいっぱいにかかえたたくさんの

メダルを、思いきりほうりなげた。

　それをきっかけに、集会はさらなる

もりあがりを見せていく。

「しかし、さらにゆるせないパスタがいる……！」

「それはだれか！」

　中央のルマコーニが、いちだんと大きな声で、どなった。

「クスクスである!!!」

　わーっという、かん声。そして、いかりのさけび。

「ショートパスタにもロングパスタにもぞくさないまま

で、かってに自分の意見をもつなど、ゆるされぬ！」

「われらのくるしみなど、あいつには永遠にわからぬ！」

「うらぎりもののクスクスに、ふくしゅうを!!!」

「そしていつの日か、ここにルマコーニの国をつくろう！」

「そしてこのルマーケを！　ぬぎすてるときはくる！」

「くる……!!!!」

　その集会のようすを、パスタジアムに
とうちゃくしたミリとクスクスさんは、
かげから見まもっていた。
「まぁ、そういうわけだ」
　クスクスさんは小声でミリにいった。

ルマコーニたちのいかりに、ミリはふたたびショック
を受けていた。

　そういえば、パスタジアムのふきんでわかれたトング
はかせが、ミリに忠告していた。

「きみはクスクスのそばからはなれないように。きけん
な場所ですからな」

　そのことばの意味がわかった。クスクスさんの味方で
あるミリは、きっとルマコーニたちのてきになるだろう。

「ほんとうに戦争なんだ……」

　テレビや動画で見たことのある、ほんものの戦争のよ
うすを思いだして、ミリはみぶるいした。ミリたちの世
界でも、外国ではおそろしい戦争がおきている。それを
見るたびに、いったいなにが原因なのだろうと、ミリは
ふしぎに思った。殺しあいをするほどのいかりとは、ど
ういうことなのか。ミリにはわからない。

「ロングでも、ショートでもないパスタというのは、た
しかにこの世界では少数派だ。どこにもぞくさず、自由
に発言しているわたしが、かれらにはりかいできず、ゆ

るせないのかもしれないな」

「そういえば、ルマーケって、なんのこと？」

　さいごにルマコーニがいっていたことばだ。ルマーケをぬぎすてるときはくる、そういっていた。

「ルマコーニの頭<ruby>あたま</ruby>についている、かぶりもののことだ」

「あの、ヘルメットみたいな？」

　クスクスさんは「ヘルメット」ということばをしらないようで、首<ruby>くび</ruby>をかしげただけだった。

「ぬぎたいなら、ぬげばいいのに」

ミリがつぶやくと、クスクスさんは、

「そうかんたんなことではないのだよ。いったんはなれ

よう。説明したい」

といって、ミリの手をひいてその場をあとにした。

　自分の世界のスタジアムで、ミリはサッカーの試合を

見たことがあった。こちらの世界のパスタジアムは、そ

れとおなじようなつくりではあるけれど、たしかになべ

のかたちをしていたし、パスタやパスタに関係のあるも

ののかざりが、あちこちにたくさんついているのだった。

これだけ見たら、ゆかいな場所だっただろう。

　パスタジアムのまわりは、思いのほかしずかだったの

で、ふたりはすぐに中に入ることができた。ルマコーニ

たちは、とくに見はりなどをたてず、全員パスタジアム

にあつまっているようだった。ロングパスタにはもう反

げきする力がないと、わかっているからかもしれない。

クスクスさんとミリは、パスタジアムの外についてい
る階段をのぼっていった。二階の通路から、パスタジア
ムを見おろすことができる。どうやらクスクスさんは、そ
こからルマコーニをせっとくしようとかんがえているよ
うだった。階段をのぼりながら、クスクスさんはおしえ
てくれた。
「あるとき、ロングパスタがルマコーニにむかって、『お
まえたちはみにくい』といった。それがこのあらそいの
きっかけだった」

「えっ」

　みにくいだなんていわれたら、ミリだってきずつく。じゃあ、わるいのはロングパスタ……？

「ショートパスタは、種類によってかたちがばらばらなことが多い。それにくらべてロングパスタは、背が高いし、なんとなくそろっていてうつくしいだろう？」

　ミリがまぢかで見たロングパスタはリング・イネだけだけれど、たしかにとてもうつくしいパスタだった。

「自分たちの見ために自信のなかったルマコーニたちは、自分たちのすがたをはじて、あのルマーケをはずせなくなったのさ」

　ミリはピンときた。

「もしかして、クスクスさんがすごくうつくしいパスタだっていうのも、きらわれた原因のひとつ？」

「まぁ、自分で自分をうつくしいというのも、どうかと思うけどね」

　クスクスさんはこまったようにわらったけれど、どう

やらあたりみたいだ。

「それだけではなくて、わたしはロングパスタでも、ショートパスタでもないからな。もともと中立的な存在だった」

「そういえば、中立のクスクスっていってたよね。中立ってどういうこと？」

「どちらの味方でもないということだよ」

　ミリはいっしゅん、それってなんだかずるいような気がした。自分の意見をいわないなんて、らくで、ずるい。

「クスクスさんは、それでいいの？　自分の意見をいわないままで」

「中立というのは、意見を主張しないということではないんだ。『中立という意見』もあるんだよ。クスクスはそういうふうにしか存在できない。ロングパスタにもなにか事情があったのではないかと、わたしは前にパスタジアムの集会でそういったのさ。それで、ショートパスタたちから、すっかりきらわれてしまった。もちろん、ショートパスタの集会にでていたということで、わたしはロングパスタたちからもきらわれている」

「でも、ロングパスタはルマコーニに、どうしてとつぜん、みにくいだなんていったんだろう？」

ミリが疑問を口にすると、こんな声がかえってきた。

「それは誤解です」

うしろをふりかえると、リング・イネとルッコラがつ
いてきていた。

# 8 リング・イネのひみつ


　リング・イネは、さっきとおなじように、ルッコラと
いっしょだった。

（あれ……？）

　ミリはリング・イネのようすに気がついた。さっきは
わからなかったけれど、どうやらリング・イネは、から
だのどこかが不自由みたいだ。ルッコラと手をつないで、
つれてきてもらったというふんいきだった。

「めがねが、こわれましてね」

　リング・イネは、いいわけみたいに、そういった。た
しかに、リング・イネのめがねには、大きくヒビが入っ
ていた。どこかでおとしたのかもしれない。

　クスクスさんが、小声でミリにしらせた。

「あまりしられていないことだが、ロングパスタは、目
が不自由なパスタなのだよ」

　つまり、リング・イネだけではなく、ほかのロングパ

スタたちも、ということのようだ。もしかしたら、その
せいでメダルをうばわれやすいということなのかもしれ
ない。

「クスクス。さきほどのあなたの話をきいていました。あ
なたにもいろいろと事情があったのですね。そうともし
らず、もうしわけないことをしました」

　リング・イネはそういってから、あわれっぽい調子で、
話をつづけた。

「以前はこちらのスタジアムで、パスタ集会をおこなっ
ておりました。ロングパスタも、ショートパスタも、そ
れ以外のパスタも、みんないっしょにね。わたくし、
パスタ集会では、かぞえ役をして
おりました」

「かぞえ役……？」

　ミリがきくと、リング・イネのかわりに、ルッコラがこたえた。

「イネさんは、パスタ集会に参加しているパスタのかずを、かぞえる係だったのです。背の高いロングパスタにとって、地面の近くをすばしこくうごくショートパスタたちをかぞえるのは、なかなかにたいへんな仕事でした」

　リング・イネはためいきをついた。

「それでつい、いってしまったのです。あなたがたはあまりにも見えにくい、と」

ミリとクスクスさんは、顔を見あわせるしかない。そんな、ばかな。

「そこにいたのはたまたま、ルマコーニたちでした。あまりにもみにくい、というふうにきこえたのでしょう」

「あまりにも、みにくい」

　ミリは、ぼうぜんとしてしまう。そんな小さなききまちがいがきっかけで、こんな戦争になってしまったの……？

「わたくし、目のよくないことを、いいわけにはしたくありませんでした。それでつい、見えにくい、なんて、ルマコーニをせめるようないいかたをしてしまったのです。

　それに、目のことは、なんというか、あまりしられたいことではありませんでしたから、長いあいだ、ききまちがいだと、いいだせませんでした」

リング・イネはめがねをはずして、ハンカチでなみだ
をふいている。

　自分たちの見かけに自信がなかったルマコーニたちは、
きっと、みにくいといわれたと、思いこんでしまったの
だろう。

「まさに、パスタの悲げき」

　クスクスさんが、ゆっくり首をよこにふりながら、し
ずんだ声でつぶやいた。

　そしてリング・イネは、もともとまっすぐな背すじを
さらにまっすぐにのばし、クスクスさんとミリにむかっ
て、こう宣言した。

「わたくしは、このあらそいを
しずめるために、いわなくては
ならない。わるいのは、
あなたがたのすがたではなく、
わたくしのこの目です、と。
多くのなかまをうしないました。
悲げきは、ここまでにしたい」

その声は、その場に力強くひびきわたった。

「よくいった、リング・イネ」

そういったのは、ほかでもない、クスクスさんだった。ミリは首をかしげて、クスクスさんの顔を見あげた。どういう意味？

そのときだ。

おお───っ

ミリは声のしたほう、

つまり、ルマコーニ

たちのいる、下の

パスタジアムを見た。

多くのルマコーニたちが、

ルマーケをぬぎすて、

だきあい、ないていた。

「どういうこと……？」

ミリはおどろいて、

クスクスさんにきいた。

「リング・イネのことばがとどいたんだ」

クスクスさんはウインクして、てのひらの上にのせた小さななにかを、ミリに見せた。

「ラビオリ・スイッチだよ」

　ラビオリのしかくい生地は、中心がぷっくりとふくらんでいた。中になにかがつめられているみたいだ。

「これは、なに？」

　クスクスさんがつめものの部分を
指でおすと、

「これは、なに？」

と、ラビオリがしゃべった。ミリとおなじ声だった。しばらくして、ルマコーニたちのいるほうからも、「これは、なに？」「これは、なに？」「これは、なに？」と、あちこちからきこえてくるではないか。

「わぁ、すごい！　スピーカーみたいね」

　リング・イネが告白をしているあいだ、クスクスさん

はずっとラビオリ・スイッチをおしていたにちがいない。

　自分たちのかんちがいに気がついたルマコーニたちは、

なみだをこぼしながら、いいあっていた。

「おろかだった」

「われわれは、とりかえしのつかないことを」

「多くのものをうばい」

「多くのものをうしなった」

「ほんとうにおろかだった……!!」

「メダルをかえさねば」

「ロングパスタたちに、メダルを……!!!」

　しおらしく、いっせいに反省しはじめたルマコーニた
ちを見て、ミリはかえってとまどってしまう。
「ええー、それでいいの？　わりと、あっさりしている
んだね……」
　こんなにかんたんにかいけつするとは、思っていなかっ
たのだ。
「ルマコーニは、のうこうなソースにもあうし、反対に、
あっさりしていて、しつこくないソースにもあう」
と、クスクスさん。
「なるほど……？」
　わかったような、わからないような。

「でも、メダルの価値をなくしていく作戦は？」

「ひとまず、ルマコーニたちには、ロングパスタたちに
メダルをかえしてもらおう。パスタの国の改革は、それ
からだ。これからはこんなあらそいなどおきることがな
いよう、メダルの価値について、すべてのパスタで話し
あいたいと思う」

「メダルをかえしたら、たおれていたロングパスタたち
は、もとにもどるの？」

　クスクスさんがにっこりわらったのを見て、ミリは、
ほっとした。

　そのとき、雨がふりはじめた。

# 9 ペスカトーレ、ペスカトーレ

その雨は、ふつうの雨ではなかった。

「なにこれっ。赤い雨！」

ミリはびっくりしてしまった。

すると、ミリの頭の上のファルファッレたちが、よろこびながらさけんだ。

「トマトソースの雨だわ！」

「これは、たいへん！」

「いかなくちゃ！　いますぐいかなくちゃ！」

そしてファルファッレたちは、ルマコーニたちのいる、スタジアムの中にとんでいってしまった。

「あさりーっ!!!」

さいごにそうさけんだのは、さいしょにミリがほしいと思った、しましまのファルファッレだ。

「あっさり？　ファルファッレも、あっさり味があうパスタなの？」

ミリがクスクスさんにきくと、クスクスさんは
わらいながら、
「あっさりじゃなくて、あさりだ！」
とこたえた。
「あさり？」
　見ると、赤い雨といっしょに、大きな
貝がらがおちてきていた。アサリだ！
それだけではなかった。イカや、
エビや、大きな黒いムール貝まで。

どこからともなく、歌がきこえてきた。

ペスカトーレ、ペスカトーレ

オリーブオイルに、白ワイン

あっさり、アサリ

いかした、ヤリイカ

クルマエビと、ムール貝

トマトに、ニンニク、サルサ・マリナーラ！

ペスカトーレ、
ペスカトーレ!!

　見ると、パスタジアムは
巨大ななべに変化していた。
ルマコーニたちは、もとの
　すがたから、パスタに。
　ファルファッレたちも、
　ちゃっかりまざっている。
おいしそうな、ルマコーニ・
ペスカトーレのできあがりだ。
「さぁ、わたしたちもいこう」
　　「そうですわね」
「さいごにルッコラをそえないと」
　場外にいたクスクスさんと、
　リング・イネと、ルッコラは、
パスタジアムの中にとびこんでいった。

「ミリもおいで！」

　クスクスさんの声がかすかにきこえた。

　ミリはもう、どうしていいかわからない。でも、クスクスさんがそういうなら、ついていったほうがいいはずだ。

「えーい、もう、どうにでもなれ！」

　ミリは、トマトソースパスタの海に、思いきりとびこんだ。トマトまみれになって、ミリはルマコーニのひとつにつかまった。もうクスクスさんがどこにいるかは、わからない。

「ああっ、トングはかせ!?」

　なべの上から、大きなトングがあらわれた。

　トングはミリたちを、ぐわしっとつかんでいった。とうちゃくしたのは、まっ白いお皿の上だ。

「まさか、このつぎは……」

　いやな予感のとおり、つぎに上からあらわれたのは、巨大フォークだった。

ミリはルマコーニたちといっしょに、フォークにとら
えられ、そして……
「さくら!!!」
　大きな口は、さくらの口だった。
「食べないでーっ」
　そういってみたものの、その声はさくらにはとどかな
かった。
　さくらの大きな口の中に、
ミリたちはすいこまれて
いった。

　ぽいっ。

　レンガのかべにつきささった、巨大<ruby>きょだい</ruby>なパスタのストロー
から、ミリはころがりおちてきた。

　だけどミリがふりかえったときにはもう、パスタのス
トローはきえていた。

「帰<ruby>かえ</ruby>ってきたんだ……」

　はじめにぬげてしまった、ミリのかた方<ruby>ほう</ruby>のくつがころ
がっている。ミリはくつをはいた。ファルファッレたち
のいったとおり、こちらの世界<ruby>せかい</ruby>では、それほどの時間<ruby>じかん</ruby>は
たっていないみたいだった。

それにしても、さくらに食べられることがゴールにな

るなんて、かんがえもしなかった。

「ふふふ。あはは」

　なんだかおかしくなってきて、ミリはひとりでわらっ

てしまった。

　すると。

「ミリちゃん？」

　そこにいたのは、なんと、さくらだった。

「あれぇ？　さくらは、

ペスカトーレを食べて

いたんじゃなかったの？」

　さくらは首をかしげた。

「なに？　ペス、

なんとかって」

「……パスタ」

　どうやら、さくらは

なにもおぼえていないらしい。

いや、それとも、パスタの国で見た大きなさくらは、こちらの世界のさくらとは、べつのさくらだったのかもしれない。

（つまんないの）

ミリの頭の上からは、にぎやかだったファルファッレたちも、きえてしまった。

「ファルファッレのアクセサリー」

ミリがそういうと、さくらはポケットに手をいれた。

「これのこと？」

さくらのポケットから、赤いのとしましまのと、ファルファッレがふたつでてきた。

「ほかの子にあげなかったんだ？」

「うん。なんとなく」

さくらのファルファッレを、ミリはじっと見た。もちろん、うごきだしたり、しゃべりだしたりは、しなかった。ちょっとさみしいけれど、こちらの世界では、それが正解だ。

そうだ、家に帰ったら、ママにクスクスの料理をおしえてもらおう。パスタの国で食べたクスクスさんのクスクスみたいに、おいしくできるかな。おいしくできたら、さくらをさそっていっしょに食べよう。
　ミリがそう思ったとき、


　だけどその前に、なにかいわなきゃいけないことが、あったんじゃない？


　しましまのファルファッレが、さくらのてのひらの上で、ふわりとゆれた気がした。

## 作　戸森しるこ（ともり・しるこ）

1984年埼玉県生まれ。東京都在住。『ぼくたちのリアル』で講談社児童文学新人賞を受賞しデビュー。作品に『ゆかいな床井くん』（第57回野間児童文芸賞受賞）、『ぼくらは星を見つけた』（以上講談社）、『ココロノナカノノノ』（光村図書出版）、『トリコロールをさがして』（ポプラ社）、『れんこちゃんのさがしもの』（福音館書店）、『ジャノメ』（静山社）、『しかくいまち』（理論社）など、YAから幼年作品まで幅広く執筆中。HP：http://kokiyu1130.blog.fc2.com/

## 絵　木村いこ（きむら・いこ）

イラストレーター、漫画家。児童書挿絵作品に『ぼくのネコがロボットになった』（佐藤まどか作／講談社）、『かみさまのベビーシッター』（廣嶋玲子作／理論社）、『まんぷく寺でまってます』（高田由紀子作／ポプラ社）など多数。漫画作品に『午前4時の白パン』（ぶんか社）、『夜さんぽ』（徳間書店）など。生活や文化を描くのが好きで、そこに人が生きているというイメージを大切にしている。HP：https://kimuraiko.com/

---

GO!GO!ブックス（7）

# ミリとふしぎなクスクスさん　～パスタの国の革命～

作　戸森しるこ
絵　木村いこ

2024年3月　第1刷

発行者　加藤裕樹
編　集　荒川寛子
発行所　株式会社ポプラ社
　　　　〒141-8210 東京都品川区西五反田3-5-8　JR目黒MARCビル12階
　　　　ホームページ　www.poplar.co.jp
印刷・製本　中央精版印刷株式会社
デザイン　櫨原直子（ポプラ社デザイン室）
シリーズロゴデザイン　BALCOLONY.
© Circo Tomori, Iko Kimura 2024
ISBN978-4-591-18121-8　N.D.C.913　111p　22cm　Printed in Japan

読者の皆様からのお便りをお待ちしております。
いただいたお便りは著者にお渡しいたします。